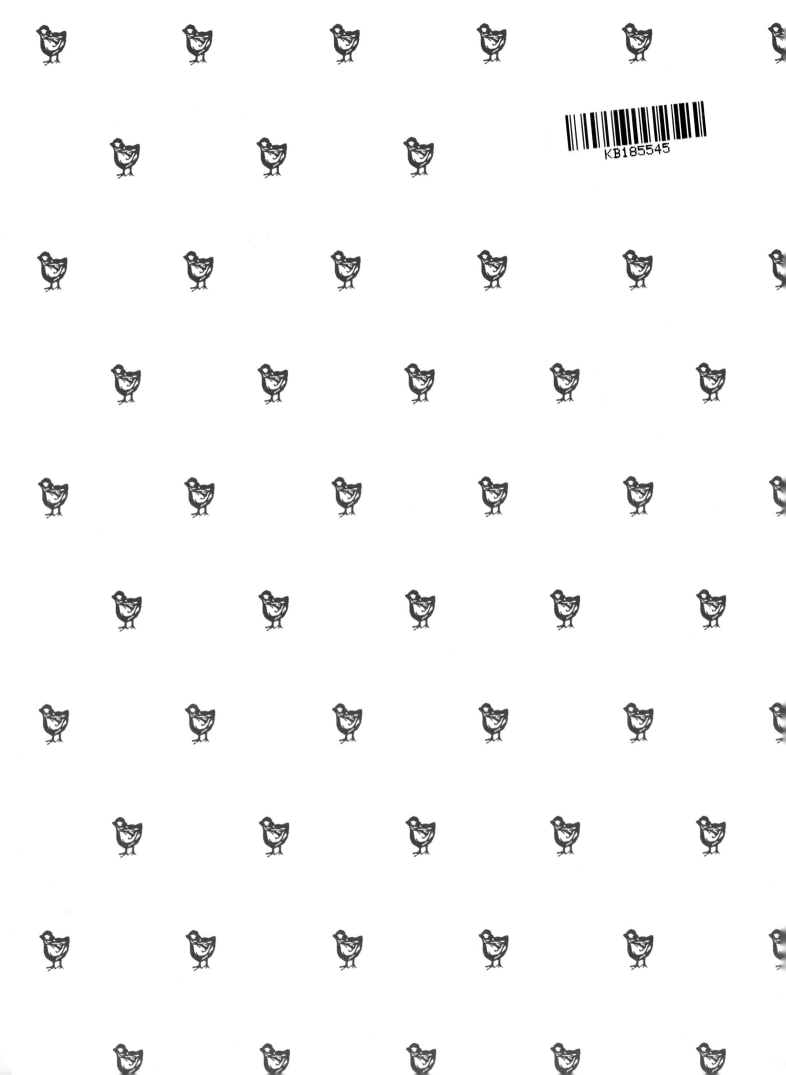

KB185545

이야기장수

은혜씨의 포옹

글·그림 정은혜

은혜씨입니다

안녕하세요,
저는 원래부터 어디서든지 인기 많은 은혜씨 작가님입니다.
저를 한눈에 봐주세요.
첫눈에 반해주세요.

니얼굴 은혜씨 I 60.6×72.7cm I 캔버스 위에 아크릴 I 2019

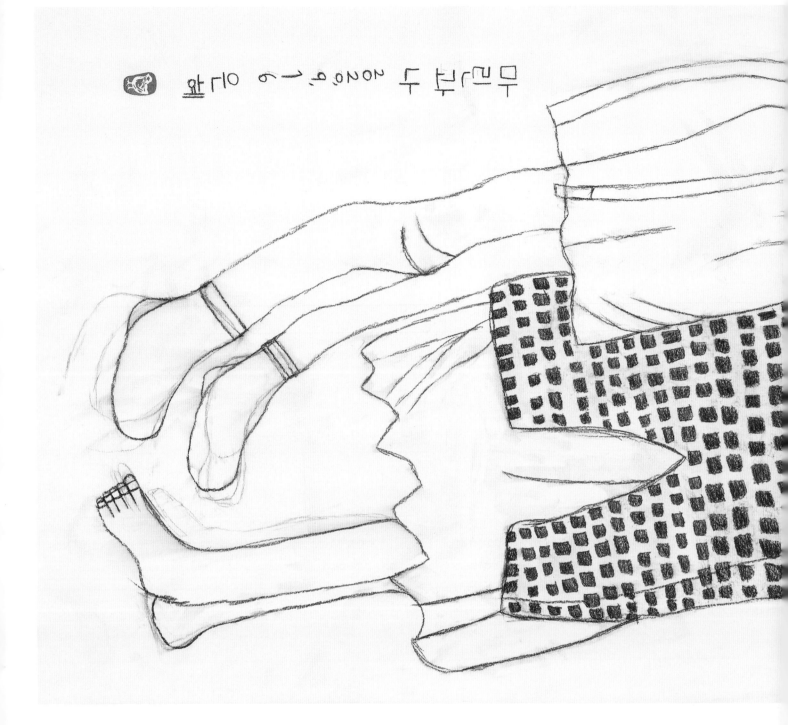

무지개 발 2020. 6 - 9 이나영

은혜씨 인사

만나서 반갑습니다.
들어서세요.
괜찮습니다.

다운증후군

엄마가 스물여섯 살 때
제일병원에서 제가 태어났습니다.
엄마는 젊었을 때 참 예뻤죠.
저는 다운증후군을 갖고 태어났어요.
의사 선생님이
"이 아이는 다운증후군이에요"
그랬더니 사람들은 놀랐어요.
엄마도 깜짝 놀랐어요.

동굴

저는 학교를 졸업하고 갈 데가 없었어요.
직장도 없었고 그냥 아무것도 안 했어요.
집 한구석에서 혼자 뜨개질하고, 이불을 덮고 있었죠.
매일매일 동굴 속에서 있었어요.

●

2013년부터 초등학교 앞에 있는
'소꿉'이라는 엄마 화실에 나갔어요.
아이들이 그림 그리는 미술학원에서
청소하고 뒷정리하면서 돈도 벌었죠.
그런데 애들이 너무 잘 그리니까 샘나서 저도 그리게 된 거예요.
저도 하고 싶어서 맨 구석에 앉아서 그림을 그렸죠.

은혜 2019

문호리 리버마켓

그림 그리면서 시선 강박이 없어졌어요.
혼잣말, 이 가는 것도.
심한 행동도 없어지는 거예요.
그림을 그리니까.

●

2016년부터 강을 바라보고 있는 문호리 리버마켓에서
니얼굴 캐리커처 장사를 했죠.
리버마켓에서 친구들이 생겼고 셀러님들과 친하게 지내고 좋았어요.
그전에는 친구가 없었어요.
여름에 문호리에서 그림 그릴 때는
바가지에 얼음물 담아서 발을 담그고 있었어요.
엉덩이에 종기도 나요.
그래도 아무리 춥고 더워도 가기 싫은 날은 없어요, 전혀.
문호리에서 그림을 그려야 하니까.
그것이 내게 가장 중요해요.

문호리 리버마켓 감독님 I 40.9×53cm I 종이 위에 수채 · 아크릴 I 2019

문현주 선생님과 제자 | 24×40.5cm | 캔버스 위에 아크릴 | 2022

캐리커처

밤마다 만들고 사람들이 많이 들어왔어요.

"예쁘게 그려주세요!"

"저희 아이들을 그려주세요!"

말하는 사람들이 좋았어요.

사람들을 많이 구경히 그렸어요.

처음엔 "못생겼어요! 다시 그려주세요! 화풀해 주세요!"

말하는 사람들도 있었어요.

저는 개성 있는 캐리커처를 그렸어요.

초상화가 아니라 캐리커처를 그려요.

포옹

사람을 안아주는 게 좋아요.
사람을 안으면 제가 따뜻해지죠.
따뜻하면 기분이 좋아요.
포옹은 사랑이에요.

사랑을 받는다 ㅣ 53×72.7cm ㅣ 캔버스 위에 아크릴 ㅣ 2020

다르다

사람들 얼굴이 다 다르잖아요.
다 마음에 들어요.
다 다른 사람들이에요.
사람들 얼굴과 생김새가 다 다르니까,
계속 그림을 그려요.
다 예뻐요.

못난 사람은 없어요

다 얼굴이 예쁜데,
왜 본인이 못생겼다, 얼굴을 깎아라 그래요?
자기더러 못생겼다고 하는 사람이 어딨어요?

아이스 아메리카노 좋아 좋아 ∣ 60.6×72.7cm ∣ 캔버스 위에 아크릴 ∣ 2019

실수

내 그림엔 실수 없어요.
틀린 적 없어요.
네, 실수란 없는 거예요.

최수연(기린)과 고양이 | 53×65.1cm | 캔버스 위에 아크릴 | 2021

그녀의 두 눈은

겁먹은 아이처럼 잠들어 있었다……
꿈속으로 점점 더 깊이 빠져들수록
배꼽은 점점 더 수줍어지고,
얼굴은 점점 더 달아올라서, 그 아이는

두 여자 | 60.6×130cm | 캔버스 위에 아크릴 | 2020

색

저는 밝은 아이예요.
밝은 아이여서
색도 들어가게 된 거죠.

선아와 은혜 작가님 ㅣ 50×72.7cm ㅣ 캔버스 위에 아크릴 ㅣ 2022

2020,12,27
가을이와태동이

은혜

선물

나는 그림 그릴 때가 좋아요.
내 그림을 좋아하는 사람들을 보는 것도 좋아요.
내 그림을 선물할 수 있잖아요.
그림은 누군가에게 내가 뭔가를 줄 수 있다는 거예요.

가을이와 태동이 ㅣ 24.2×33.4cm ㅣ 종이 위에 연필 ㅣ 2020

나의 엄마 장차현실

엄마는 저를 오랫동안 키우느라 지쳤죠.
발달장애인 투쟁을 위해 삭발도 했어요.
엄마는 저를 위해 애쓰고, 힘들었지만……
사랑스럽고 감사하는 마음.
내가 어린 시절부터 유명하고 멋있는 나의 스타.
엄마는 항상 내게 영향을 주고 있고,
나는 그것이 좋아요.

●

저는 엄마를 보면……
행복한 사람.

●

엄마가 많이 웃으면 좋겠어요.
왜냐하면 엄마는 너무 걱정이 많고 우울해.
하지 마.
같이 웃어.
울지 말고, 울보야.

엄마 장차현실 ∣ 17.9×25.8cm ∣ 종이 위에 연필 · 디지털 컬러 ∣ 2020

나의 아빠 서동일

내가 열다섯 살이었을 때
엄마에게 남자친구가 생겼어요.
둘은 일곱 살 차이가 나고,
엄마 나이가 더 많아요. (속닥속닥)
처음에 나는 오빠, 하고 불렀어요.
그러다 가족식을 하고
우리는 모두 가족이 되었어요.
가족식에서 나는 엄마에게 말했어요.
"엄마…… 내가 많이 도와줄게. 사랑해."
아빠한테도 말했어요.
"오빠는 이제 다 컸으니까 아빠 해도 돼."
나는 해바라기의 <사랑으로>를 축가로 불렀어요.

서동일 감독님은 멋있는 사람,
나의 새아버지나 양아버지가 아니라
그냥 친아빠예요.

아빠 서동일 ┃ 17.9×25.8cm ┃ 종이 위에 연필 · 디지털 컬러 ┃ 2020

멋진 사람

드라마에서 예뻐지게 수술하고 싶단 말?
그거 가짜지. 연기잖아.
난 안 그래.

진 멋진 사람이에요.
우리 엄마가 멋진 사람이거든요.
사람들이 우리한테 이렇게 애길 많이 하죠.
많았다, 칭찬을.

저는 엄마처럼 나이들어서
계속 오래오래 그릴 거예요.

우리 가족 | 33.4×24.2cm | 종이 위에 연필 · 디지털 칼라 | 2020

사랑해, 지로야

제가 키우는 개가 한 마리 있어요.

유기견 미니핀.

비 오는 날 제 동생이 개를 주워왔어요.

갓난아기 때부터 온몸에 피부병 벼룩이 있었기 때문에 데리고 온 거예요.

지금은 다 나았어요.

귀도 커졌고 목소리도 커졌어요.

제가 지로한테 사랑을 듬뿍 많이 주었고, 그래서 저를 좋아해요.

제가 사랑해주니까 옆에서 알랑방귀 뀌고 애교도 부려요.

지로는 제 방을 너무나 좋아해가지고,

제가 누우면 지로도 눕고

제가 일어나면 지로도 일어나요.

지로는 개구쟁이예요.

"지로야, 뭘 그렇게 사랑스러운 눈으로 보냐 인마, 사랑해줄게!"

사랑해 지로야 I 45.5×53cm I 장지 위에 콩테 I 2021

용기

나의 가장 큰 용기는
그림을 그리는 것입니다.
힘들어하지 않고, 포기하지 않고
쉬어가면서 또 가래요.

사람들이 '그려주세요' 할 때,
삶이 행복해요.
재미있으니까.
그림은 붓으로 힘들지 않아요.
꾸준이 하나까.
저는 작가님이잖아요!

행복

지금은 사람들과 대화도 나눌 수 있고 마음이 편해요.

사람들과 있으니 행복해요.

지하철로 혼자 다닐 땐 행복하지 않았어요.

혼자 전철 타고 다니면 막 만지거나 성희롱하는 사람들도 있었어요.

그럴 때 기분이 너무 안 좋았어요.

지금은 사람들 속에 있으니까 너무 행복해요.

모두 나에게 좋은 말을 해줘요.

갤러리B 심혜진 대표님 ㅣ 50×72.7cm ㅣ 캔버스 위에 아크릴 ㅣ 2022

2020. 4. 26. 일
미세스탄젤리를 보고
그린
봄

난후배예다미 나

두 여자

김미경 선배님은 옥상 화가, 서촌 작가예요.
그림 그리는 사람입니다.

2016년부터 같이 그림 그리는 시간을 가졌습니다.
저는 김미경 선배님이랑 항상 즐거워요.

웃고, 떠들고, 같이 커피도 마시고, 제일 친한 사람입니다.
김미경 선배님과 강을 바닷가에서 춤도 췄어요. 아름답죠.
선배님과 행복을 나누고 사랑도 나누고,
너무 사랑합니다.

저도 그림 그리고 김미경 선배님도 작가인데,
김미경 선배님 남자 없어요, 저도 없고요.
그래서 두 여자, 남자 없어요.
남자 없는 두 여자가 함께 그림을 그립니다.

좋아하는 이유

그거 알아?
원이 언니는 사람이 멋있고,
당당하고, 씩씩하고, 재밌어.
신이 나.
그래서 내가 좋아하는 거야.

은경언니와 함께 산책을 가다 l 90.9×72.7cm l 캔버스 위에 아크릴 l 2020

자신감

에이 뭐, 저는 경쟁 같은 거 없어요.
저는 저이니까요.

●

긴장이 없어요, 저는. 아예.
저는 잘하니까.
긴장 없이 뭐든 할 수 있는 자신감!
긴장할 게 뭐 있어요.
할 수 있는 만큼 해야죠.

박옥순 언니와 만남 l 27×45.5cm l 캔버스 위에 아크릴 l 2022

사랑

좋아하는 사람이 있으면,
사랑이죠.

●

내 이상형은
예술 같은 남자.

●

60 70 80살 넘어도 연애하세요!

KBS 송혜성 기자님 커플 I 50×60.6cm I 캔버스 위에 아크릴 I 2022

봄 여름 가을 겨울—김종진 전태관 전태관 | 45.5×53cm | 캔버스 위에 아크릴 | 2021

신촌블루스

날씨가 좋고 봄냄새가 난다. 걷고 또 걷는다.
김현식 선배님이 생각난다.
김현식 선배님도 그립고 참진영에서는 그립고 영이와 담이는 그립습니다.

가수 김현식 다큐를 볼 때 봤는데 신촌블루스 노래가 나와서 듣고 좋아하게 됐어요.
전태관 선배님이 드럼을 칠 때 신이 났어요.
저는 신촌블루스 공식 홈페이지 회원이에요.

2022, 3, 11, 금
유희님과 김진숙 지도위원님
은혜

집회

행진을 하는 게 너무 좋아요.
힘들지 않아요.
깃발을 들고 투쟁하면서 소리도 지르며
도와달라고 외치고 마쳤습니다.

유희님과 김진숙 지도위원님 | 25.8×17.9cm | 종이 위에 연필 | 2022

2022, 3, 10
거꾸로아홉수소녀
변요한 그림

박은

가수 이은미님과 빽가왼 선생님 | 25.8×17.9cm | 종이 위에 연필 | 2022

그림 잘 그리는 법

잘 그리면 돼요.
어렵지 않아요.
근데 잘 그려야지 생각하지 말고,
그런 거 없이 해 보세요.
잘될 거야, 잘될 거야 하면 잘되는 거예요.
자기가 못한다고 생각하면 더 못해요.
저도 잘하는 게 있잖아요.
안 된다, 자꾸 안 된다 하면 그럼도 안 돼요.
자기가 자신감이 있어야 잘되는 거예요.

그만 그리고 싶을 때는 않아요.
나는 포기하지 않아요.

2020,11,1
노희경 작가님
은혜

노희경 작가님

노희경 작가님, 저를 예쁘게 봐주어서
좋은 드라마에 좋은 섭외를 해주어서 좋은 시간 보냈습니다.
봄 여름 가을 겨울 지나고 추억이 남아 있습니다.
작가님은 항상 마음씨가 따뜻하고 좋은 사람.
존경하고 사랑합니다.

노희경 작가님 I 24.2×33.4cm I 종이 위에 연필 I 2020

연기

연기를 따로 배운 적은 없어요.
대본을 보면서 읽고 외우면서 해요.
긴 대사가 있으니까 잊어버리기도 하는데,
옆에서 한지민 언니가 많이 도와줬어요.

●

영옥아,
아니 지민 언니,
같이 연기하면서 즐거웠고 정말 행복했어.
그리고 내 생일날 파티도 재미있었어.
나를 기억해줘서 고맙고 사랑해.

나의 이란성 쌍둥이 친동생 l 45.5×53cm l 캔버스 위에 아크릴 l 2022

우빈오빠와 왕편 | 53×40.9cm | 캔버스 위에 아크릴 | 2022

미리

하지민 언니랑
김우빈 오빠랑 같이 독을 읽는
어떤 내용인지 지금 비밀.

장애가 있는 친구들에게

저는 지금 행복하거든요.
다른 발달장애인들도 사람들의 시선에
위축되거나 주눅들지 않고
행복하게 세상에 나왔으면 좋겠어요.
저처럼 자신감 가지고
열심히 하면서 노력하면 돼요.
그리고 자기가 찾고 싶은 일도 하면서 돈도 벌고,
또 사람들과 같이 소통하고 만나고
행복해지기를 바라요.
다른 분들도 손 놓지 말고
포기하지 말고,
하지만 너무 힘들지 않게, 억지로 하지 말고
저처럼 즐겁게 하면 돼요.
시설에 있지 말고 사회로 나왔으면 좋겠어요.
나와서는,

음……
나랑 함께 놀자.

<우리들의 블루스> 두 감독님 | 60.6×72.7cm | 캔버스 위에 아크릴 | 2022

꿈

저는 이미 모든 꿈을 다 이뤘어요.
항상 행복해요.

은혜씨가 안아줄게요

방황하는 사람들,
아는 사람들,
또 오랜만에 보는 사람들……

그 속에서 내가,
포옹하고 있습니다.

KBS 송혜성 기자님과 만남 | 50×72.7cm | 캔버스 위에 아크릴 | 2022

경계를 무너뜨리는 포옹

장차현실

(만화가·동양화가·전국장애인부모연대 양평지회장)

내가 모은 은혜씨의 기록과 사진들은 참으로 많다. 그것을 뒤적이고 있노라면 어깨가 무거워지기도 하고, 마음이 아프지 않은데 침울해지기도 한다. 그와 동시에 너무나 사랑스러운 애교가 뿜어져나와 웃음 짓기도 한다.

　서른세 살의 나이, 이제 은혜씨는 엄마 땜에 아빠 땜에 행복해질 나이가 아니다. 자신과 맘을 나누는 친구가 훨씬 좋은 때가 되었다. 어느 날 은혜씨의 사진을 뒤적이다 좋아하는 친구들과 찰싹 포옹한 사진들이 많다는 걸 발견했다.

　사진을 들여다보니 두 사람 사이에 틈이 없다. 처음 만난 어색함, 적당한 거리두기를 하는 예의(?) 따윈 볼 수가 없었다. 경계 없는 은혜씨의 몸짓에 무너지고 만다. 상대에 대한 무한 친근감, 환한 미소를 짓고 포옹하는 사진들을 들여다보는 것만으로도 행복감이 뿜뿜. 그러한 추억의 사진들은 그림의 소재가 되어주었다.

　사람과의 사이에 거리를 두는 것이 예의가 된 지금, 은혜씨의 포옹 그림은 우리가 무장해제되어 상대를 친근하게 끌어안을 수 있던 시간을 추억하게 한다. 그 그림들로 꾸리는 <포옹전>과 이 그림책은 우리가 맘 편히 사람을 만날 수 있던 지난 시간과 엄혹해진 현재의 시간 사이에 놓인 경계를 확인시켜준다. 또한 코로나19로 우리가 처한 어려운 상황 속에서 여전히 사람을 사랑하고 교감하는 것이 얼마나 소중한 일인가를 다시금 깨닫게 한다.

　은혜씨는 세상에 태어나 축복이 아닌 근심의 존재로, '네가 무슨 쓸모가 있을까' 싶은 하등한 인간에게 보내는 차가운 눈빛을 반복적으로 경험하며 마음의 병을 앓았다. 성인이 되어서 이 세상 어느 곳에도 자리할 데 없이 밀려나 모든 사회 구성원으로부터 완전히 무시당하는 잔인한 벌을 견뎠다. 그런 은혜씨가 스스로의 힘으로 자기 존재를 증명하고 있다. 묵묵히 그림 그리는 행위를 통해 자기에게 숙명적으로 주어진 존재론적 장벽과 한계, 그에 기인한 마음의 상처에 연연하지 않고 스스로를 치유하며 잔인한 형벌의 시간을 예술로 승화시켰다. '나 같은 이는 왜 장애인으로 태어났을까' 자책하던 과거에서 "어머, 원래 예쁜데요 뭘~"이라며 이제는 오히려 사람들에게 위로를 전하는 존재로 거듭나고 있다.

　은혜씨는 제 안에 깃든 마음의 병과 상처를 치유하는 자기 복원력, 그것을 긍정의 에너지로 승화시키는 힘이 우리가 생각하는 것 이상으로 크다. 그래서 사람들은 은혜씨를 만나고 나면 머리가 맑아지고 기분이 좋아진다고들 한다. 때론 자기 안의 번민마저 부질없어진다.

　세상 어느 곳에도 속할 데 없는 경계인의 운명으로 태어났지만 은혜씨는 자신이 위치한 경계선을 벗어나려 하지 않고 그대로 그 자리에 서 있다. 세상이 내가 설 곳을 마련해주지 않는다면 나 스스로 내가 서 있을 곳을 만든다. 그곳에서 '발달장애인'이 아닌 '아티스트' 은혜씨의 세계로 경계선을 확장하며

그간 초대해주지 않았던 세상 사람들을 나의 경계 안으로 기꺼이 초대한다. 자기 내면의 힘으로 스스로 경계에 서고, 타고난 긍정의 에너지로 경계를 허무는 '아티스트' 은혜씨는 지금껏 그렇게 4천 명의 얼굴을 그렸다. 은혜씨가 품고 있는 삶과 열정의 의지를 가슴으로 안아주던 수많은 교감은 "난 사람을 그리는 게 좋아"라고 은혜씨가 말할 수 있게 해주는 힘이 되었고, 지속적인 작업에 대한 열망과 존재 의지를 갖게 해주었다.

은혜씨가 사람들의 얼굴을 그리는 행위는 사회적 신뢰를 획득해간 과정이었다. 은혜씨를 장애인이 아닌 동료 셀러로 대해준 문호리 리버마켓의 셀러들, 은혜씨에게 그림을 의뢰한 4천 명이 넘는 사람들, 그리고 노희경 작가…… 그 많은 이들이 보여준 신뢰의 힘은 은혜씨가 발달장애인이 아닌 예술가로, 배우로 세상에 나아갈 수 있는 힘이 되어주었다.

이제는 우리 가족의 부양의무자가 되어 꿈을 모두 이루었다고 자신 있게 말하는 은혜씨는 지금도 양평의 작은 작업실에서 동료들과 그림 그리며 먼 미래를 향한 부질없는 걱정 대신 오늘을 행복하게 살아가고 있다. 그리고 은혜씨의 그림자 뒤에서 나는 안도의 숨을 내쉬고 있다.

글·그림 정은혜

발달장애인 화가이자 배우 은혜씨입니다.

2016년부터 문호리 리버마켓에 나가 지금까지 4천여 명의 얼굴을 그렸습니다.

드라마 <우리들의 블루스>에서 '영희'를 연기했고, 다큐멘터리 <니얼굴>을 찍었습니다.

2019~2020년 서울문화재단 잠실 창작스튜디오 입주작가로 활동했습니다.

유튜브 <니얼굴 은혜씨> 채널에서도 은혜씨를 만날 수 있습니다.

개인전

2017. 7. 15 개인전 <천 명의 얼굴 전>, 양평 문호리 리버마켓 야외전시장

2017. 9 북한산 우이역 공공예술프로젝트 <달리는 미술관> 초청 전시

2019. 5. 22~6. 13 초대전 <니얼굴의 은혜씨>, 서촌 갤러리B

2020. 4. 6~4. 29 국회 ART GALLERY 4월 초대전 <시선을 포개다>, 국회의원회관 1층

2020. 6. 29~8. 28 얼굴을 그리는 작가 정은혜 초대전 , 양서에코힐링센터 개관전

2020 10. 15~10. 29 개인전 <그대로가 좋아 '니얼굴'>, 창성동실험실(2020 장애예술인 창작활성화 지원사업, 서울문화재단)

2021. 1. 2~1. 30 2021 <컨테이너 아트랩> 선정작가전, 양평군립미술관

2021. 5. 24~ 5. 28 컬처프로젝트 에피소드1(culture project ep.1) 정은혜 작가 초청 전시 <나의 얼굴 나의 얼꼴> 자아감정 모먼트,
　　　　스마일게이트 캠퍼스 1층 모두의 로비

2021. 10. 20~10. 30 <개와 사람전──개人전>, 창성동실험실(2021 장애인문화예술지원사업, 한국장애인문화예술원)

2022. 8. 24~8. 30 <포옹전>, 인사동 토포하우스

은혜씨의 포옹

ⓒ정은혜 2022

1판 1쇄 2022년 8월 23일 1판 8쇄 2023년 12월 4일
2판 1쇄 2024년 12월 27일

지은이 정은혜

책임편집 이연실 **편집** 염현숙
디자인 이현정 **작품촬영** 명스튜디오
마케팅 김도윤
브랜딩 함유지 함근아 박민재 김희숙 이송이 김하연 박다솔 조다현 배진성
저작권 박지영 최은진 오서영
제작 강신은 김동욱 이순호 **제작처** 영신사(인쇄) 신안제책사(제본)

펴낸곳 (주)이야기장수
펴낸이 이연실
출판등록 2024년 4월 9일 제2024-000061호
주소 10881 경기도 파주시 회동길 455-3 3층
문의전화 031) 8071-8681(마케팅) 031) 8071-8684(편집)
팩스 031) 955-8855
전자우편 pro@munhak.com
인스타그램 @promunhak

ISBN 979-11-94184-12-6 03810

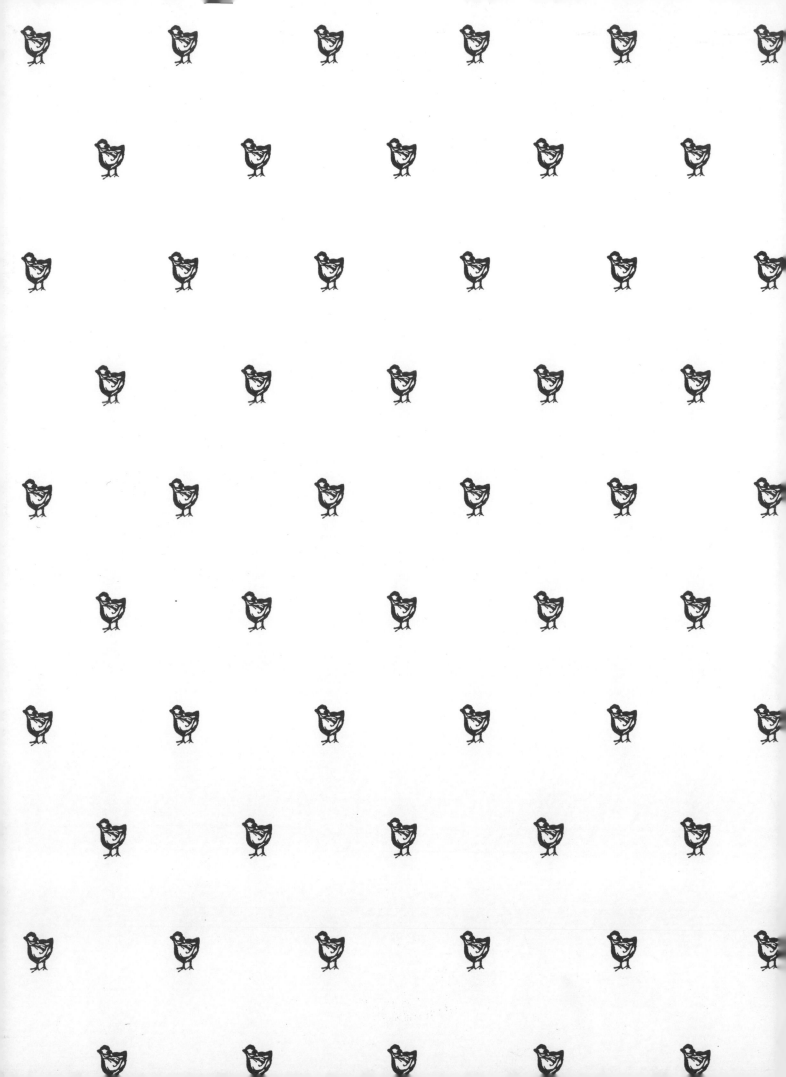